# Comentarios de los niños lectores de La casa del árbol® y La casa del árbol, MISIÓN MERLÍN®.

*¡Gracias por escribir estos maravillosos libros! He aprendido mucho sobre historia y el mundo que me rodea.*
—Rosanna

La casa del árbol *marcó los últimos años de mi infancia. Con sus riesgosas aventuras y profunda amistad, Annie y Jack me enseñaron a tener valor y a luchar contra viento y marea, de principio a fin.* —Joe

*¡Las descripciones son fantásticas! Tienes palabras para todo, salen a borbotones, ¡oh, cielos!... ¡*La casa del árbol *es una colección apasionante!* —Christina

*Me gustan mucho tus libros. Me quedo despierto casi toda la noche leyéndolos. ¡Incluso los días que tengo clases!*
—Peter

*¡Debo de haber leído veinticinco libros de tu colección! ¡Leo todas las aventuras de* La casa del árbol *que encuentro!* —Jack

*Jamás dejes de escribir. ¡¡Si ya no tienes más historias que contar, no te preocupes, te presto mis ideas!!* —Kevin

# ¡Los padres, maestros y bibliotecarios también adoran los libros de La casa del árbol®!

*En las reuniones de padres y maestros, La casa del árbol es un tema recurrente. Los padres, sorprendidos, cuentan que, gracias a estos libros, sus hijos leen cada vez más en el hogar. Me complace saber que existe un material de lectura tan divertido e interesante para los estudiantes. Con esta colección, usted también ha logrado que los alumnos deseen saber más acerca de los lugares que Annie y Jack visitan en sus viajes. ¡Qué estímulo maravilloso para hacer un proyecto de investigación!* —Kris L.

*Como bibliotecaria, he recibido a muchos estudiantes que buscan el próximo título de la colección La casa del árbol. Otros han venido a buscar material de no ficción relacionado con el libro de La casa del árbol que han leído. Su mensaje para los niños es invalorable: los hermanos se llevan mejor y los niños y las niñas pasan más tiempo juntos.* —Lynne H.

*A mi hija le costaba leer pero, de alguna manera, los libros de La casa del árbol la estimularon para dedicarse más a la lectura. Ella siempre espera el nuevo número con gran ansiedad. A menudo la oímos decir entusiasmada: "En mi libro favorito de La casa del árbol leí que…".* —Jenny E.

*Cada vez que tienen oportunidad, mis alumnos releen un libro de* La casa del árbol *o contemplan los maravillosos dibujos que allí encuentran. Annie y Jack les han abierto la puerta al mundo de la literatura. Y sé que, para mis estudiantes, quedará abierta para siempre.* —Deborah H.

*Dondequiera que vaya, mi hijo siempre lleva sus libros de* La casa del árbol. *Jamás se aparta de su lectura, hasta terminarla. Este hábito ha hecho que le vaya mucho mejor en todas sus clases. Su tía le prometió que si él continúa con buenas notas, ella seguirá regalándole más libros de la colección.* —Rosalie R.

# La estación de las tormentas de arena

Mary Pope Osborne

Ilustrado por Sal Murdocca
Traducido por Marcela Brovelli

## LECTORUM
### PUBLICATIONS, INC.

This is a work of fiction. Names, characters, places, and incidents either are the product of the author's imagination or are used fictitiously. Any resemblance to actual persons, living or dead, events, or locales is entirely coincidental.

Spanish translation©2016 by Lectorum Publications, Inc.
Originally published in English under the title
SEASON OF THE SANDSTORMS
Text copyright©2005 by Mary Pope Osborne
Illustrations copyright ©2005 by Sal Murdocca
This translation published by arrangement with Random House Children's Books, a division of Random House, Inc.

MAGIC TREE HOUSE®
Is a registered trademark of Mary Pope Osborne, used under license.

*Library of Congress Cataloging-in-Publication data*
Names: Osborne, Mary Pope, author. | Murdocca, Sal, illustrator. | Brovelli, Marcela, translator.
Title: La estación de las tormentas de arena / Ilustrado por Sal Murdocca ; traducido por Marcela Brovelli.
Other titles: Season of the Sandstorms. Spanish
Description: Lyndhurst, NJ : Lectorum Publications, Inc., [2016] | Series: La casa del árbol ; #34 | "Misión Merlín." | Originally published in English in New York by Random House in 2005 under title: Season of the Sandstorms. | Summary: Guided by a magic rhyme, Jack and Annie travel to ancient Baghdad on a mission to help the Caliph disseminate wisdom to the world.
Identifiers: LCCN 2016031940 | ISBN 9781632456441
Subjects: | CYAC: Time travel--Fiction. | Magic--Fiction. | Brothers and sisters--Fiction. | Baghdad (Iraq)--History--Fiction. | Iraq--History--Fiction. | Spanish language materials.
Classification: LCC PZ73 .O74725 2016 | DDC [Fic]--dc23
LC record available at https://lccn.loc.gov/2016031940
..........................
ISBN 978-1-63245-644-1
Printed in the U.S.A
10 9 8 7 6 5 4 3 2 1

*A Paul Caringella, investigador,*
*en la Casa de la Sabiduría*

# Queridos lectores:

*Hace muchos años, viajé por carretera, desde Grecia a Nepal. Durante la travesía por el desierto, fuimos en camioneta desde Damasco, Siria, a Bagdad, Iraq. Justo antes del atardecer, mi compañero de viaje y yo descubrimos una tienda de té, en el medio de "la nada". Allí, un anciano y su biznieto servían té a los pocos viajeros que pasaban por el lugar. Al vernos, el hombre y el niño nos invitaron a compartir la cena y a acampar cerca de su tienda. Jamás voy a olvidar la ama-*

bilidad de aquella gente, el brillante atardecer en el desierto y la noche fría y estrellada después de aquel atardecer. Mientras escribía *La estación de las tormentas de arena,* reviví la alegría de aquellos momentos y, algún día, espero volver a visitar Iraq.

# ÍNDICE

Prólogo    1

1. La era dorada    3

2. En medio de la nada    10

3. Mamún    18

4. Barcos del desierto    30

5. ¡Bandidos!    41

6. Tormenta seca    51

7. Detrás de la tercera pared    61

8. Habitación del Árbol    72

9. Casa de la Sabiduría    85

10. Antes de que salga la luna    96

Más información acerca de Bagdad    108

Actividades divertidas para Annie,
para Jack y para ti    110

*¡A marchar, porque hasta el último hombre está listo!*
*Nuestros camellos olfatean la noche y están contentos.*
*Guíanos, oh, Amo de la Caravana:*
*Guíennos, Príncipes Mercaderes de Bagdad.*
　　—James Elroy Flecker

# Prólogo

Un día de verano, en el bosque de Frog Creek apareció una misteriosa casa en la copa de un árbol. Muy pronto, los hermanos Annie y Jack advirtieron que la pequeña casa era mágica; podía llevarlos a cualquier lugar y época de la historia. También descubrieron que la casa pertenecía a Morgana le Fay, una bibliotecaria mágica del legendario reino de Camelot.

Después de viajar en muchas aventuras para Morgana, Annie y Jack vuelven a viajar en la casa del árbol en las "Misiones Merlín", enviados por dicho mago. Con la ayuda de dos jóvenes hechiceros, Teddy y Kathleen, Annie y Jack visitan cuatro lugares legendarios en busca de objetos valiosos para salvar al reino de Camelot.

En las próximas cuatro Misiones Merlín, Annie y Jack deben viajar a sitios y períodos reales de la historia para probarle a Merlín que ellos pueden hacer magia con sabiduría.

Ambos acaban de regresar de una exitosa misión en la ciudad de Venecia, 250 años atrás. Una vez más, Annie y Jack esperan noticias de Merlín...

# CAPÍTULO UNO

## La era dorada

Jack interrumpió su tarea de matemática. Abrió el cajón de la mesa de noche y sacó un libro pequeño, hecho a mano. Por enésima vez, leyó el título de la tapa:

**10 RIMAS MÁGICAS PARA ANNIE Y JACK
DE TEDDY Y KATHLEEN**

Durante varias semanas lo había escondido, preguntándose cuándo él y su hermana volverían a usar la magia del texto. Las diez rimas debían usarse en cuatro misiones, cada rima podía utilizarse solo una vez, y ya habían usado dos en Venecia, Italia.

—¡Jack! —Annie entró corriendo en la habitación de su hermano—. ¡Trae el libro! ¡Tenemos que irnos! —Los ojos le brillaban.

—¿Adónde? —preguntó Jack.

—Tú sabes… ¡Vamos! —contestó Annie, bajando por la escalera a toda prisa.

En un segundo, Jack guardó el libro de Teddy y Kathleen en la mochila. Se puso la chaqueta y bajó corriendo por la escalera.

Annie estaba esperándolo en el porche.

—¡Apúrate! —gritó.

—¡Espera! ¿Cómo sabes que está allá? —preguntó Jack.

—¡Porque acabo de verla! —dijo Annie en voz alta. Bajó del porche corriendo y atravesó el jardín.

—¿La viste? ¿En serio? —gritó Jack corriendo detrás de su hermana, en la fría tarde.

—¡Sí! ¡Sí! —gritó Annie.

—¿Cuándo? —vociferó Jack.

—¡Recién! —respondió Annie—. Volvía a casa de la biblioteca y tuve una *corazonada*…, así que fui a mirar. ¡Está esperándonos!

Rápidamente, entraron en el bosque de Frog Creek. Avanzaron entre los árboles llenos de capullos, pisando el musgo verde claro de la reciente primavera, hasta que llegaron al roble más alto.

—¿Lo ves? —preguntó Annie.

—Sí —contestó Jack, casi sin aliento, con los ojos clavados en la casa del árbol. Annie se agarró de la escalera colgante que se balanceaba sobre el musgo y comenzó a subir. Jack subió detrás de ella. Dentro de la pequeña casa mágica, se quitó la mochila de la espalda.

—¡Mira, un libro y una carta! —dijo Annie, levantando la carta. Jack levantó el libro de tapa dorada.

—¡Bagdad! —exclamó Jack, mostrándole el libro a su hermana. El título decía:

**LA ERA DORADA DE BAGDAD**

—¿Era dorada? —preguntó Annie—. ¡Qué genial! ¡Vamos!

—Espera, primero tendríamos que leer nuestra carta —propuso Jack.

—Correcto —dijo Annie, desdoblando el papel—. Es la letra de Merlín —dijo. Y empezó a leer en voz alta:

*Queridos Annie y Jack, de Frog Creek:*
*En esta misión, viajarán a la Bagdad de hace*
*muchos años, para ayudar al califa a*
*brindar sabiduría al mundo.*
*Para ello, deberán ser humildes y usar*
*la magia con inteligencia.*
*Sigan estas...*

—Espera, ¿qué es un *califa?* —preguntó Jack—. ¿Y qué quiere decir Merlín con "brindar sabiduría al mundo"? Es una responsabilidad muy grande.

—No lo sé —contestó Annie—. Déjame terminar...

*Sigan estas indicaciones:*
*Viajen en un barco del desierto,*
*en una noche fría y estrellada.*
*Viajen atravesando el polvo*
*y la caliente mañana soleada.*

*Busquen al caballo de la cúpula,*
*el que todo lo ve,*
*en el corazón de la ciudad,*
*detrás de la tercera pared.*

*En la Habitación del Árbol,*
*debajo de los pájaros cantores,*
*reciban a un viejo amigo*
*y a uno nuevo, entre los mejores.*

*Recuerden que la vida*
*está llena de sorpresas.*
*Regresen a la casa mágica*
*antes de que la luna aparezca.*

*—M.*

—¡Parece muy fácil! —comentó Annie.

—No, no lo es —agregó Jack—. Esto es muy misterioso. No sabemos qué significa.

—Lo sabremos cuando lleguemos a Bagdad —dijo Annie—. Pero primero tenemos que ir. Pide el deseo.

—De acuerdo —contestó Jack. Y señaló la

tapa del libro—. Queremos ir a la era dorada de Bagdad —declaró.

El viento empezó a soplar.

La casa del árbol empezó a girar.

Más y más rápido cada vez.

Después, todo quedó en silencio.

Un silencio absoluto.

## CAPÍTULO DOS

## En medio de la nada

Jack sintió calor. Un sol abrasador iluminó la casa del árbol. Él y Annie llevaban puestas túnicas largas, atadas con cordones. En la cabeza, un trozo de tela y en los pies, zapatos puntiagudos.

La mochila de Jack se había convertido en una bolsa de cuero.

—Parecemos dos personajes de ese libro que nos regaló la tía Mary —dijo Annie—, *Las mil y una noches*.

—Sí, como Aladino y Alí Baba —agregó Jack.

Cubriéndose del sol con la mano, ambos se acercaron a la ventana. La casa mágica había aterrizado en la copa de la palmera más alta.

Debajo de las palmeras, se veían arbustos espinosos, hierbas escasas y un pequeño manantial burbujeante. Más allá del grupo de palmeras, se veían millas y millas de arena ardiente.

—¿Era dorada? Mm, me parece que no...
—comentó Annie.

—No. ¿Y Bagdad? —preguntó Jack, abriendo el libro, para investigar. Comenzó a leer la primera página:

**La era dorada del mundo árabe se extendió desde el año 762 D.C. al 1258 D.C. En ese período, el imperio ocupaba miles de millas y estaba al mando de un califa. La capital del imperio árabe era la ciudad de Bagdad, un importante centro de actividad comercial y educativa.**

—Entonces el califa es un gobernante —comentó Jack—, y probablemente vivía en Bagdad.

—Sí, pero ¿cómo haremos para *llegar* allí? —preguntó Annie.

—Paciencia —respondió Jack—. En la última misión, aprendimos que las cosas deben hacerse por orden; una cosa a la vez. —Y leyó las primeras instrucciones de Merlín:

*Viajen en un barco del desierto,*
*en una noche fría y estrellada.*
*Viajen atravesando el polvo*
*y la caliente mañana soleada.*

—¿"Barco del desierto"? —preguntó Jack, mirando a su alrededor.

—Sea lo que sea, lo descubriremos —contestó Annie, serenamente, simulando paciencia—. Quedémonos sentados aquí para ver si pasa un barco grande. O...

—O... ¿qué? —preguntó Jack.

—¿Y si usamos una de las rimas mágicas de Teddy y Kathleen? —sugirió Annie.

—Todavía no —dijo Jack—. Merlín pidió usarlas con sabiduría. Recién llegamos, y en la misión anterior ya usamos dos rimas. Solo nos quedan ocho para repartir entre tres...

—Ya sé... —irrumpió Annie—, solo se puede usar una rima como último recurso, ¿no?

—Así es —contestó Jack.

—¿Entonces, tú qué sugieres? —preguntó Annie.

—Empecemos por caminar —contestó Jack.

—¿En qué dirección? ¿Hacia dónde queda Bagdad? —preguntó Annie.

Jack se asomó a la ventana. Más allá de las palmeras, solo había arena y cielo. Y, a lo lejos, dunas solitarias. El desierto estaba siniestramente silencioso.

—Podríamos... eh... —A Jack no se le ocurría nada. —Veamos qué dicen las rimas —sugirió, agarrando el libro de las rimas mágicas. Él y Annie se pusieron a leer el índice:

—*Darle vida a una piedra* —leyó Annie—. Eso lo hicimos en la misión anterior. No podemos repetirlo.

—Tampoco serviría de nada —agregó Jack, con los ojos en la segunda rima—. *Ablandar el metal* —dijo—. Eso también lo hicimos.

—*Convertirse en patos* —leyó Annie, mirando a su hermano.

—No —agregó él.

—*Arreglar lo que no tiene arreglo* —volvió a leer Annie.

—No hay nada roto —dijo Jack.

—¿Qué te parece esta? —preguntó Annie—. *Hacer que de la nada, aparezca ayuda.*

—Bueno, tal vez… —agregó Jack.

—Eso es perfecto, Jack. Estamos justo en el medio de la nada. Solo necesitamos ayuda.

—Bueno —contestó Jack—. Leeré la rima de Teddy. Tú lee la rima de Kathleen.

—Perfecto —respondió Annie. Dio vuelta a la página y le dio el libro a su hermano.

Él leyó en voz alta y clara:

*¡De tierras lejanas, requerimos ayuda!*

Luego, leyó Annie:

*¡Por favor, no demoren! ¡Con presteza acudan!*

Cuando Annie leyó la rima, en el desierto se desató una ráfaga de viento y, por la ventana de la casa del árbol, entró una nube de arena. El viento agitaba las palmeras.

—¡Ay! —gimoteó Annie, con los ojos llenos de polvo.

—¡Atrás! —gritó Jack.

De un salto, se alejaron de la ventana y se arrinconaron contra la pared cubriéndose la cara. La arena áspera siguió entrando en la pequeña casa.

—¡Es una tormenta de arena! —gritó Jack.

El polvo amarillento empezó a apilarse sobre el piso. Luego, el viento se calmó tan pronto como había aparecido, y las palmeras volvieron a la quietud.

Annie y Jack se asomaron a la ventana. El aire estaba denso, lleno de polvo granulado. Casi no se podía ver, pero el desierto estaba sereno.

—Creo que ya pasó —dijo Annie.

—Espero que sí —agregó Jack—. En vez de mandarnos ayuda, la rima provocó una tormenta de arena. ¿Por qué?

—No lo sé —contestó Annie—. Quizá la leímos mal.

Jack sacudió la arena del libro y, en el índice, buscó "tormentas de arena". Cuando encontró la página, se puso a leer:

La estación de las tormentas de arena comienza a mediados del mes de febrero y continúa toda la primavera. Los vientos llegan a soplar a más de 60 millas por hora, haciendo que los viajeros lleguen a perderse en medio del desierto.

—No entiendo —dijo Jack—. Se supone que tenemos que *encontrar* nuestro camino, no perderlo.

De pronto, sonaron unas campanillas. Annie y Jack corrieron hacia la ventana. A través de la cortina de arena, divisaron a cuatro hombres, vestidos con túnicas de colores brillantes, sentados sobre las jorobas de unos camellos. Atrás, atados por la cola y la cabeza, los seguía una docena de camellos en fila, cargando alforjas, que hacían sonar unas campanillas que llevaban colgadas del cuello, en el balanceo de la marcha.

—¡Vino nuestra ayuda! —dijo Annie, con una sonrisa de oreja a oreja.

# CAPÍTULO TRES

## Mamún

Annie sacó medio cuerpo por la ventana.

—¡Eh! —gritó.

—¡Shhhhh! —exclamó Jack, tirándola para adentro—. ¡No deben verte acá arriba! ¿Cómo les explicamos lo de la casa del árbol? ¡Agáchate!

—Tienes razón —dijo Annie. Le dio la carta de Merlín a su hermano y bajó por la escalera colgante. Jack guardó la carta, el libro de Bagdad y el de las rimas mágicas dentro de su bolsa y siguió a su hermana.

Cuando llegó al piso, retorció la escalera colgante y la escondió detrás del tronco, para que no se viera.

—Listo —le dijo a Annie.

—¡Eh! —gritó ella, una vez más, avanzando con Jack.

Los hombres, sobre sus camellos, se dirigieron hacia las palmeras. El primer hombre hizo arrodillar a su camello. Cuando se bajó, Annie y Jack se acercaron a él. El hombre, de larga túnica blanca, tenía barba negra y ojos oscuros y severos.

—¿Quiénes son ustedes? —preguntó, seriamente—. ¿De dónde vienen?

—Yo soy Annie y este es Jack, mi hermano —respondió Annie—. Nuestra casa está muy lejos de aquí, en Frog Creek, Pensilvania.

—Jamás oí hablar de ese lugar —dijo el hombre—. ¿Cómo llegaron solos al desierto?

—Eh... —Jack no sabía qué contestar.

—Íbamos montando con nuestra familia —contestó Annie—. Todos nos detuvimos para descansar. Mi hermano y yo estábamos durmiendo una

siesta detrás de estas palmeras, pero al desper-
tarnos, todos se habían ido. Se fueron sin nosotros. Es que tenemos una familia muy numerosa,
muchos hermanos y hermanas…

—Annie —dijo Jack. Para su gusto, su hermana estaba hablando demasiado.

El hombre se veía preocupado.

—¿Por qué no han regresado a buscarlos? —comentó, mirando fijo el desierto—. Espero que los bandidos no los hayan atacado.

—¿Hay bandidos por acá? —preguntó Annie.

—Hay muchos rondando por el desierto —contestó el hombre.

Ansioso, Jack observó la planicie arenosa.

—Por eso hay que viajar en compañía de alguien —agregó el hombre de la túnica blanca—. Espero que sus familiares estén bien y regresen a buscarlos pronto.

—Disculpe —exclamó Annie, con educación—. ¿Quiénes son ustedes? ¿Cómo llegaron hasta acá?

—Yo soy comerciante —respondió el hombre—. Mi caravana venía del oeste, cuando, de la nada, se desató una tormenta de arena. Por suerte, nos trajo a un oasis. Aprovecharemos para descansar y darles agua a los animales hasta que baje el sol. En la noche, cuando refresque, iremos a Bagdad.

El líder de la caravana fue a decirles algo a sus hombres. Ellos desmontaron y empezaron a quitarles las alforjas a los camellos.

—Nuestra rima funcionó, ¿no te parece? —susurró Annie—. ¡La tormenta de arena fue producto de la magia! Hizo que, en su camino a Bagdad, ¡la caravana pasara por acá!

—¿Pero cómo haremos para que nos ayuden? —preguntó Jack.

—Merlín dijo que fuéramos humildes. *Ofrezcámosles* nuestra ayuda —propuso Annie. Y se acercó al líder de la caravana, que estaba llenando unas cubetas de lienzo con agua de un pequeño manantial.

—Disculpe —dijo Annie—. ¿Necesitan ayuda?

—Sí, muchas gracias —respondió el hombre, sonriendo—. ¿Podrían recoger dátiles? Mis hombres están muy hambrientos. Se lo agradezco mucho —agregó. Y le dio dos canastas grandes a Annie.

—Claro, claro —respondió ella. Volvió a donde estaba Jack y le preguntó—: ¿Sabes lo que es un *dátil?* Debemos recoger algunos.

—Voy a investigar —agregó Jack.

De espaldas a los hombres, sacó el libro de Bagdad de la bolsa y buscó la palabra *dátiles*. Luego, se puso a leer:

**El dátil o fruta del desierto, crece en racimos de la palmera datilera y se obtiene agitando el tronco del árbol. Esta palmera, además de dar un fruto nutritivo, tiene hojas y madera aprovechables para hacer...**

—Muy bien, ya entendí —interrumpió Annie, poniendo las canastas en el suelo—. ¡Sacudamos las palmeras!

Jack cerró el libro, lo guardó y alzó la mirada. Por primera vez, vio las decenas de racimos de frutos de color marrón que colgaban encima de él. Agarró el tronco más cercano, Annie agarró el otro lado y, juntos, empezaron a agitar la palmera hasta que los dátiles empezaron a caer.

En medio del calor del desierto, fueron sacudiendo palmera por palmera, recolectando el fruto del suelo. Cuando terminaron de llenar las canastas, los árboles empezaban a proyectar sus largas sombras sobre el oasis.

Cansados y sudados, Annie y Jack le entregaron las canastas al líder de la caravana, que estaba hirviendo agua sobre una fogata hecha con ramas.

—Ah, muy bien —dijo—. Muchas gracias, Annie. A ti también, Jack.

—De nada —contestó Annie—. ¿Qué más podemos hacer por usted?

—Ahora, descansen, están muy acalorados —sugirió el hombre—. ¿Les gustaría tomar té con nosotros?

—Claro —respondió Annie—. Dígame, ¿cómo se llama usted?

—Mi nombre es muy largo —contestó el hombre, sonriendo—. Llámenme Mamún.

Mientras los camellos pastaban, todos se sentaron en una gran manta de lana sobre el pasto. Compartieron el té, cargado pero rico, y los dulces y tiernos dátiles.

En el atardecer, ardiente y rojizo, Jack contempló a los camellos que pastaban en calma.

Con sus jorobas, los animales le parecían realmente extraños. Tenían rodillas gordas, pies grandes y toscos, y orejas pequeñas que sacudían sin parar. Algunos, al tomar agua, hacían ruido con los labios. Otros, devoraban ramas enteras o arbustos espinosos sin masticar.

—¿No se lastiman la garganta con las espinas? —le preguntó Jack a Mamún.

—No —respondió el líder de la caravana—. Tienen una boca muy fuerte. Pueden comer de todo: ramas, huesos...

—¡Si los dejáramos, se comerían las tiendas y las alforjas! —agregó un joven.

Annie y Jack se echaron a reír.

—¿Qué llevan en las alforjas? —preguntó Annie.

—Están llenas de mercancías de Grecia, Turquía y Siria —respondió Mamún—. Tenemos muchas cosas: joyas, semillas y especias muy valiosas, como canela, pimienta y vainilla. Vamos a vender todo en Bagdad.

—Nosotros también tenemos que ir a Bagdad —dijo Annie—. Tenemos que ver al califa.

Pensando que Annie bromeaba, los hombres se echaron a reír.

—¿Sus familiares van a encontrarse con el califa? —preguntó Mamún, muy serio.

—No —dijo Annie—. Solo Jack y yo. Vamos a ayudarlo a difundir la sabiduría por el mundo.

—*Annie* —advirtió Jack.

Los hombres estallaron en una carcajada.

—¿Qué tiene de gracioso? —preguntó Annie.

—El califa no recibe a niños —explicó un joven—. Es la persona más importante del mundo.

—Ah —exclamó Annie, poniéndose seria.

La noticia también inquietó a Jack.

—Pronto va a anochecer. Como sus familiares no han regresado, ¿quieren viajar a Bagdad con nosotros? —preguntó Mamún, con curiosidad—. Si llegaron hasta acá en camello, seguro podrán montarlos el resto del viaje.

—¡Claro que podemos! —respondió Annie—. ¡Nos encantan los camellos!

"¿Ah, sí?", pensó Jack.

—Nosotros también adoramos a nuestros barcos del desierto —agregó Mamún—. Pronto, les izaremos las velas.

—Así que ellos son los "barcos del desierto" —le susurró Annie a Jack.

"Camellos", pensó él. "Oh, cielos".

## CAPÍTULO CUATRO

# Barcos del desierto

En silencio, los hombres contemplaron el atardecer sobre las dunas lejanas. La bola de fuego, ocultándose en el horizonte, pintó el desierto de rojo. Cuando el sol desapareció, el aire se tornó frío al instante.

—Es hora de partir —dijo Mamún, poniéndose de pie.

Los hombres apagaron la pequeña fogata. Bajo la oscuridad creciente, el líder de la caravana ayudó al grupo a cargar las alforjas de los camellos con las mercancías.

Luego, Mamún se acercó a Annie y a Jack.

—Ustedes pueden montar esas dos hermanas —dijo, señalando dos hembras echadas sobre la arena—. Los espero a la cabeza de la caravana, irán a mi lado.

Annie y Jack se acercaron a las hermanas. Ambas tenían riendas colgando del cuello y, sobre la joroba, llevaban una montura hecha con almohadones de colores, apilados.

Con suavidad, Annie palmeó el pelaje tostado de una de ellas.

—Hola, bonita —le dijo. El animal, de ojos grandes y pestañas abundantes, miró a Annie, parpadeando sin parar.

La otra hermana acarició el cuello de Annie con el hocico.

—Hola, guapa, tú también quieres atención, ¿no?

—*¿Bonita y Guapa?* —dijo Jack. Para él ninguna de las dos era bella, precisamente.

Annie trepó a la montura de Bonita y agarró las riendas.

—¡En marcha! —dijo. El camello se incorporó y se paró con torpeza. —¡Uau! —exclamó Annie, por encima de Jack—. ¡Qué alta es!

Jack se agarró de la montura de Guapa, pero ella empezó a masticarle la tela que llevaba sobre la cabeza.

—¡Eh, no hagas eso! —gritó Jack, tirando de la tela. Guapa abrió la boca y se le vieron los filosos dientes. Jack dio un paso hacia atrás.

—No tengas miedo —dijo Annie.

—Para *ti*, es fácil decirlo —agregó Jack—. Le caíste bien a Bonita.

—No te preocupes, también le caes bien a Guapa, lo sé —comentó Annie. Lentamente, su camello empezó a caminar hacia la caravana, que esperaba partir por el desierto. —¡Ven, Jack! ¡Esto es muy divertido! —gritó Annie.

—Sí, claro… —murmuró él. Se agarró las puntas de tela de la cabeza y pasó una pierna por encima de la joroba de Guapa. Mirando a Jack con desconfianza, ella sacudió la cola y le golpeó la espalda.

—¡Eh! —exclamó Jack.

Mientras él trataba de acomodarse sobre el almohadón, Guapa le lanzó un escupitajo y emitió un extraño chillido.

—¡Silencio! —gritó Jack. Agarró su bolsa y la colgó de la montura. Cuando estuvo listo, Guapa volteó la cabeza y empezó a masticar la bolsa de Jack.

—¡No! ¡No hagas eso! —vociferó él, tirando de la bolsa, pero Guapa seguía tirando en la otra dirección—. Vamos, suelta mi bolsa. ¡No seas tonta!

—¿Realmente piensas que es tonta?

Jack se sobresaltó. Mamún estaba mirándolo, mientras él luchaba por liberar su bolsa.

—No quiere darme mi bolsa —dijo Jack, avergonzado.

Mamún agarró la correa de la bolsa, chascó la lengua y el camello abrió la boca del todo. Guapa lanzó un quejido cuando él enganchó la bolsa en la punta de la montura.

—Hace miles de años que la gente viaja en camello por el desierto —comentó Mamún—. Ella es un verdadero milagro de la naturaleza.

*"Vaya milagro"*, pensó Jack.

—Puede beber dos barriles de agua en diez minutos y pasar una semana sin beber nada —explicó Mamún—. También, puede estar sin comer durante varios días.

—¿De verdad? —preguntó Jack.

—Es el animal ideal para el desierto —agregó Mamún—. Tiene cejas tupidas para protegerse del sol, pestañas largas y pelo en las orejas para protegerse de la arena.

—Qué genial —exclamó Jack.

—Tiene pies tan resistentes que no siente el calor del desierto; y tan grandes, que jamás podría hundirse en la arena —dijo el líder de la caravana.

—Mm —exclamó Jack.

—Sobre el lomo, puede llevar casi 500 libras de carga y llega a viajar 100 millas en un día —agregó Mamún.

—Eso es mucho —murmuró Jack.

Mamún tiró de las riendas del camello e hizo un chasquido con la lengua. Guapa respiró pesadamente y se paró sobre sus patas, largas y potentes.

—Debemos respetarla y honrarla —comentó Mamún—. En varias formas, ella es superior a nosotros, ¿no lo crees?

Jack asintió y pensó en la carta de Merlín: *"Para tener éxito en la misión, deberán ser humildes"*.

—Buena chica —dijo Jack, dándole una palmada a Guapa.

Mamún volvió a chasquear la lengua y el camello avanzó. Erguido sobre la montura, Jack se balanceaba de un lado a otro. No se sentía muy seguro, pero se mantuvo tranquilo. Luego, Guapa se acercó a Bonita y ambas hermanas se quedaron juntas, resoplando.

Bajo las estrellas, Mamún llamó a sus hombres y la caravana inició su travesía.

Los camellos fueron avanzando entre balanceo y balanceo. Moviendo primero dos pies de un lado y, luego, dos del otro.

Jack se agarró fuerte de la montura, mientras su "barco del desierto" se mecía de derecha a izquierda.

—¿No es divertido? —dijo Annie, balanceándose de un lado al otro.

—Más o menos... —contestó Jack, temblando. En realidad, estaba pasándolo bastante mal. Tenía mareos y mucho frío. Además, estaba preocupado por la misión. ¿Los recibiría el califa? Si lo hacía, ¿cómo iban a ayudarlo a difundir la sabiduría por el mundo? Y si Bagdad estaba muy lejos, ¿cómo iban a regresar a la casa del árbol?

Mamún disminuyó su marcha y se puso a la par de Annie y Jack.

—De niño, pasé muchas noches frías en el desierto, montando con mi padre, rumbo al oeste —dijo el líder de la caravana—. Al principio, yo también pensaba que los camellos eran tontos. Solo deseaba más mantas, que la marcha fuera más pareja y dormir en mi cama en Bagdad.

Jack se rió. Mamún le agradaba.

—Pero con el tiempo, aprendí a amar las noches frías del desierto —comentó Mamún—. Ahora, cuando estoy en mi cama en Bagdad, sueño con volver al desierto para leer la dirección del viento y las estrellas —agregó el líder de la caravana.

—¿Cómo se leen las estrellas? —preguntó Annie.

—Tienen su propio lenguaje —explicó Mamún—. Ahora vamos rumbo al este, hacia la estrella de la Cabra —aclaró, señalando el cielo.

Jack no podía identificar la estrella, pero estaba fascinado. En la bóveda oscura de la noche, titilaban miles de luces pequeñas. Él jamás pensó ver tantas estrellas juntas. Algunas parecían alcanzables con solo estirar la mano.

Mamún empezó a cantar una canción y sus compañeros de caravana se le unieron. Jack no entendía lo que decía, pero la melodía era muy suave. Los camellos parecían mecerse al ritmo de la música.

Jack dejó de pensar en la casa del árbol. De pronto, notó que estaba disfrutando del aire fresco del desierto, y empezó a relajarse.

—Jack —dijo Annie, suavemente—. Adivina...
acabo de resolver el primer misterio de la carta de
Merlín. *Viajen en un barco del desierto, en una
noche fría y estrellada.*

—Sí —exclamó Jack, con alegría—. ¡Qué divertido es esto!

De pronto, a lo lejos se oyó un grito violento.
Jack se sentó derecho, con el corazón agitado.

—¡Bandidos! —gritó uno de los hombres de la
caravana.

## CAPÍTULO CINCO

# ¡Bandidos!

Jack, espantado, miró a su alrededor. Por el desierto, se dirigían hacia ellos, siluetas oscuras a caballo, gritando y a todo galope.

—¡Oh, no! —gritó Jack—. ¿Y ahora qué haremos?

—¡Nos defenderemos! —dijo Mamún—. ¡Jack, Annie, lleven esta caja a las dunas! —El líder de la caravana sacó una caja de madera de una alforja y se la arrojó a Jack. —¡De prisa! ¡Cabalguen lo más rápido que puedan! ¡Protejan esta caja con sus vidas!

Jack intentó guardar la caja en su bolsa, pero Mamún le dio una palmada a Guapa y ella salió disparada. A Jack se le resbalaron las riendas. Con una mano, se agarró de la punta de la montura y, con la otra, apretó la caja contra el pecho. Mientras su camello corría por el negro desierto, él luchó con todas sus fuerzas para no caerse.

Bonita y Guapa, una al lado de la otra, corrieron como dos rayos, rumbo a las dunas.

—¡Más despacio, por favor! —gritó Jack, en un loco balanceo, con la caja en el pecho.

Era inútil, Guapa corría como el viento. Ella y su hermana parecían volar por el desierto, bajo el cielo estrellado. Jack quería detener a los camellos, pero también quería dejar atrás a los bandidos.

Finalmente, los camellos disminuyeron la velocidad. Jack miró hacia atrás, pero no vio la caravana. Al parecer, nadie los seguía.

Cuando llegaron a las dunas, ambas hermanas subieron lentamente por las colinas empinadas.

A salvo del peligro, entre los altos montículos de arena, se detuvieron para descansar, resoplando y bufando.

—¡Gracias! ¡Muchas gracias, chicas! —dijo Annie, jadeando.

—Espero que Mamún y los demás estén a salvo de los bandidos —agregó Jack.

—Yo también. ¿Qué hay en esa caja? —preguntó Annie.

—No lo sé —contestó Jack—. Mamún dijo que debemos protegerla con nuestra vida.

—Tal vez sea una especia costosa —dijo Annie.

—Espero que sea más que *eso* —agregó Jack—. Odiaría saber que arriesgué mi vida por un poco de canela y pimienta.

—¿La abrimos? —sugirió Annie.

—No lo sé —respondió Jack—. No creo que Mamún esté de acuerdo.

—La protegeríamos mejor si supiéramos qué hay adentro, ¿no crees? —comentó Annie.

—Tal vez… —contestó Jack, considerando las palabras de su hermana—. Sí, está bien.

Trató de abrir la tapa de la caja, pero no pudo. En la oscuridad, siguió presionando la cerradura.

—Es inútil. Está cerrada con llave —dijo Jack.

—¡Shhh! ¡Escucha! —exclamó Annie.

Jack hizo silencio. Oyó un sonido agudo, como un quejido, similar a la música de un violín. Sobre las secas dunas, la melodía fue creciendo más y más.

—¿Qué *es* eso? —preguntó Jack.

—Uh, oh —exclamó Annie—. Ahora oigo algo más.

Jack contuvo la respiración y oyó un galope sobre el desierto.

—¡Los bandidos! —dijo.

—Escondamos la caja —sugirió Annie.

—¿Dónde? —preguntó Jack.

—¡En la arena! —respondió Annie. Hizo un chasquido con la lengua y Bonita se arrodilló. Guapa hizo lo mismo que su hermana. Annie y Jack saltaron de las monturas y se pusieron a cavar en la arena.

El golpeteo de los cascos siguió creciendo. Annie y Jack siguieron cavando, desesperados, tirando arena hacia atrás, como dos cachorros tratando de esconder un hueso.

—¡Ya es suficiente! —dijo Jack. Puso la caja en el agujero, y ambos la taparon con la arena.

Cuando se pusieron de pie, Annie se quedó con la boca abierta.

—¡Mira, Jack! —dijo.

Bajo la noche estrellada, una silueta oscura montada sobre un camello se acercaba por las dunas, directo hacia ellos. Jack sintió que el corazón se le salía del pecho.

—¿Usamos una rima mágica? —preguntó Annie.

—¡No hay tiempo! —contestó Jack.

El jinete se acercó más y más, hasta que se detuvo delante de Annie y Jack.

—¿Están bien? —preguntó.

—¡Mamún! —exclamó Annie.

A Jack le volvió el alma al cuerpo y sonrió.

—Sí, estamos a salvo —respondió—. Y *tú* también.

—Mis hombres pelearon bien —agregó Mamún—. Los ladrones huyeron con algunas bolsas de pimienta y cuentas de colores.

—¡Y nosotros cuidamos tu caja! —dijo Annie, orgullosa. Se arrodilló y empezó a cavar en la arena, hasta sacar la caja de madera. Luego, se la entregó a Mamún.

—Ah, muy bien —exclamó el líder de la caravana.

—¿Qué hay en la caja? —preguntó Annie.

—Un tesoro incalculable —respondió Mamún—. Lo traje de Grecia y voy a llevarlo a Bagdad. Gracias por cuidarlo con su vida, ustedes son muy especiales.

—Fue un placer —dijo Jack, aún intrigado por el contenido de la caja. *¿Oro? ¿Plata? ¿Joyas?*

Sin dar detalles, Mamún guardó la caja en la alforja.

—Sigamos con nuestro viaje —dijo.

Jack subió a su camello, que seguía arrodillado e hizo el chasquido con la lengua. Al ver a Guapa levantarse al instante, se sintió gratamente sorprendido.

—Nos encontraremos con la caravana en Bagdad —explicó Mamún—. Si todo va bien, llegaremos a la ciudad al atardecer. Debemos dirigirnos hacia el este, hacia el sol.

Cabalgando lento, Mamún se alejó de las dunas. Annie y Jack lo siguieron. Mientras los camellos avanzaban en el frío amanecer, la luz del día empezó a brillar sobre la arena.

—Mamún, anoche oímos un sonido muy extraño en las dunas —comentó Annie—. Parecía música.

—Ah, sí —exclamó él—. *El silbido de la arena.*

—¿Qué es eso? —preguntó Jack.

—Algunos dicen que es magia —comentó Mamún—. Pero yo creo que, en la naturaleza, todas las cosas tienen una explicación. Por eso me agrada el estudio de la ciencia. Según ella, hay que observar lo que nos rodea. Debemos experimentar para tratar de saber por qué ocurren las cosas. Así pudimos descubrir que el silbido ocurre cuando la arena se deposita sobre los montículos.

—¡Ah! —exclamó Annie—. Tenía la esperanza de que fuera magia.

—Conocer el porqué de las cosas es magia —dijo Mamún—. El verdadero conocimiento da luz al mundo. ¿No les parece algo mágico?

—Sí —respondió Jack.

—Creo que sí, si lo explicas de esa manera —agregó Annie, pensativa.

Balanceándose sobre sus camellos, los tres viajaron hacia la luz del amanecer. A medida que el sol ascendía, el desierto se volvía más caluroso. Un viento seco azotaba el aire, dibujando figuras serpenteantes sobre la arena.

Mamún hizo detener a su camello. Preocupado, se quedó mirando a su alrededor.

—¿Qué sucede? —preguntó Jack—. ¿Hay señales de los bandidos?

—No, ahora es el desierto lo que me preocupa —explicó Mamún—. Es tan cambiante.

El líder de la caravana hizo el chasquido y su camello reanudó la marcha.

Mientras avanzaban, el viento levantaba arena, esparciéndola por el aire. Annie y Jack tenían que

agachar la cabeza de tanto en tanto, para protegerse la vista.

De pronto, más y más arena empezó a volar
por el aire, desplazándose y formando remolinos,
como si el desierto hubiera tomado vida de golpe.

Mamún volvió a detenerse para mirar a su
alrededor. Sobre la arena, las figuras empezaron
a tomar forma circular y rizada. De repente, Jack
oyó un sonido, similar a un quejido.

—¿Ese es el silbido de la arena? —preguntó,
esperanzado.

—No —contestó Mamún—. Es el grito de una
terrible tormenta de arena. Y muy pronto estará
sobre nosotros.

## CAPÍTULO SEIS

# Tormenta seca

A la distancia, se veía una niebla arenosa, que empezaba a esparcirse por todo el desierto. Cuando el viento sopló con más fuerza, el cielo se tornó rojizo. La niebla, ya más espesa y marrón, como una pared movediza, empezó a desplazarse hacia Annie, Jack y Mamún.

—¡Cuidado! ¡Boca abajo! —ordenó Mamún—. ¡Cúbranse la cara! ¡Rápido!

Jack hizo el chasquido y Guapa se arrodilló sobre la arena. Los camellos de Annie y Mamún hicieron lo mismo y todos se tiraron boca abajo.

Jack, desesperado, quería taparse con la tela de la cabeza, pero el fuerte viento no lo dejaba. Luego, el cielo rojizo se tiñó de negro, y el quejido tomó la fuerza de un trueno.

De pronto, Jack notó que el viento había arrancado algo de la alforja del camello de Mamún. Una bolsa cayó al suelo y la caja de madera salió despedida, quedando a merced del viento.

—¡El tesoro! —gritó Jack. Pero el viento ahogó su voz. Se levantó y corrió detrás de la caja con el viento en contra, a punto de tirarlo al suelo.

Con toda su fuerza, Jack resistió hasta que se tiró encima del tesoro, y se quedó allí, cubriéndose la cara con la tela que le cubría la cabeza.

La tormenta de arena se desató sobre Jack, con la furia de cien camellos galopantes. Los ojos le ardían y sentía que se ahogaba.

Lentamente, el estruendo fue calmándose y, de un murmullo, nació un quejido tenue. El viento dejó de soplar y el desierto quedó en silencio.

Jack se dio vuelta y se sentó, tosiendo sin parar. Tenía arena en la boca, la nariz y las orejas. Se quitó los lentes y se restregó los ojos, pero solo logró empeorar el ardor.

Parpadeando, Jack apretó la caja y buscó a los demás. El aire se sentía denso por la polvareda. Jack había perdido completamente el sentido de orientación.

—¡Jack! ¡Jack! —gritó Annie.

Él trató de pararse pero sentía las piernas tan flojas, que terminó cayendo al suelo.

—Annie —llamó con voz ronca.

—¡Jack! ¿Dónde estás? —gritó Annie.

—¡Aquí! —dijo él.

—¿Dónde?

—¡Aquí!

—*¡Ahí* estás! —gritó Annie—. ¿Estás bien?

—¡Estoy bien! —gritó Jack, completamente ronco—. ¿Y tú?

—Sí, salí corriendo detrás de ti —contestó Annie, también con la voz ronca.

—Tenía que salvar la caja —agregó Jack—. ¿Dónde está Mamún?

—No lo sé, Jack. Creo que no nos vio cuando salimos corriendo detrás de la caja.

—¡Mamún! —gritaron los dos a la vez—. ¡Mamún! —No hubo respuesta.

A través de la neblina arenosa, Jack oyó un ruido sordo. Él y Annie se dieron vuelta, y vieron a sus dos camellos corriendo hacia ellos.

—¡Bonita! —gimoteó Annie—. ¡Guapa!

—¡Gracias por buscarnos! —dijo Annie.

—Sí, gracias —agregó Jack, dándole a Guapa una palmada cariñosa.

—¡Mamún! —gritó Annie—. ¡Mamún!

—Debe de haber ido a buscarnos en la otra dirección —comentó Jack.

—¿Cómo llegaremos a Bagdad sin él? ¿Qué haremos con su tesoro? —preguntó Annie.

—No lo sé —contestó Jack, con la caja de madera en las manos.

—Mira, está rota —comentó Annie, señalando una rajadura sobre la tapa.

—Espero que el tesoro no se haya dañado —dijo Jack.

—¿Y si nos fijamos cómo está? —sugirió Annie.

Jack respiró hondo. ¿Y si Mamún no quería que abrieran la caja? Pero la curiosidad fue más fuerte.

—Bueno —dijo Jack—. Con ver si está bien, no haremos nada malo.

Separó los dos pedazos de madera y los levantó. Adentro de la caja había un libro.

—¿Un libro? —preguntó Jack, sorprendido, esperando encontrar oro o joyas. Con cuidado, sacó el libro con tapa de cuero y sin título.

—Esto no se *parece* en nada a un tesoro —dijo Annie.

—Tal vez, lo valioso es lo que tiene escrito —comentó Jack, abriendo el libro.

Las páginas, gruesas y amarillas, estaban cosidas y escritas por ambos lados. En la primera hoja decía:

### ESCRITOS DE ARISTÓTELES

—¿Quién es A-ris-tó-te-les? —preguntó Annie, en voz muy alta.

—No lo sé —contestó Jack—. Voy a investigar. —Abrió su bolsa que estaba llena de arena, sacó el libro de Bagdad, lo sacudió un poco, y buscó la palabra Aristóteles en el índice.

—¡Aquí está! —dijo. Y empezó a leer en voz alta:

Aristóteles vivió en Grecia, hace 2.300 años. Es uno de los filósofos más importantes de todos los tiempos. La palabra *filosofía* significa "amor a la sabiduría". Los trabajos de este gran pensador fueron traídos a Occidente por los árabes, en la Edad Media.

—Entonces, Aristóteles fue un gran amante de la sabiduría —comentó Annie.

—Parece que sí —respondió Jack—. Pero, ¿por qué es un tesoro este libro?

—Espera un minuto —dijo Annie—. ¿Merlín no escribió que debemos ayudar al califa de Bagdad a brindar *sabiduría* al mundo?

—Sí —afirmó Jack—. Si este libro tiene escritos de Aristóteles, está lleno de sabiduría. Hay que llevárselo al califa. ¡Esta es la misión que nos asignó Merlín!

—Mejor nos ponemos en camino —sugirió Annie.

Ella y Jack hicieron el chasquido con la lengua

y tiraron de las riendas de sus camellos. Bonita y Guapa se arrodillaron para que se subieran. Con cuidado, Jack guardó el libro de Bagdad y el antiguo libro de Aristóteles, y colgó su bolsa en la montura.

—¿Hacia dónde vamos? —preguntó Annie.

—Hacia el este, por donde sale el sol —respondió Jack—. Eso dijo Mamún.

—Ah, es para allá —dijo Annie, señalando un resplandor brillante en el cielo brumoso.

Los camellos avanzaron hacia el sol, brillante y polvoriento.

—Eh, esta es la segunda instrucción de Merlín —agregó Annie—. *Viajen atravesando el polvo y la caliente mañana soleada.*

—Tienes razón —afirmó Jack.

Mientras viajaban hacia el este, la arena del desierto brillaba y quemaba con el sol. El aire fue aclarándose, pero aún no había señales de Mamún.

Jack iba mirando hacia abajo para proteger la vista de la luz del sol. Exhausto, cerró los ojos. Con

el balanceo suave de Guapa, Jack bajó la cabeza.
De pronto, oyó el grito de su hermana.

—¡Jack! ¡Mira!

—¿Qué pasa? ¿Es Mamún? —preguntó él.

—¡No! ¡Mira! —insistió Annie.

A la distancia, divisó torres y cúpulas, brillando
bajo el cielo azul.

—¡Oh, cielos! —murmuró Jack—. ¡*Bagdad!*

## CAPÍTULO SIETE

# Detrás de la tercera pared

—¡Apurémonos! —dijo Annie.

Mientras Guapa y Bonita caminaban hacia Bagdad, atrás quedó la arena del desierto. El camino, bajo el sol abrasador, pasó a ser tierra caliente. Y, más adelante, la tierra se convirtió en pasto. En el paisaje campestre, moteado por varias granjas, pastaban cabras y ovejas.

De pronto, Annie y Jack se toparon con un sendero lleno de viajeros que venían de distintos lugares. Todos se dirigían a la ciudad resplandeciente.

Annie y Jack avanzaron en sus camellos, entre niños montando ovejas y granjeros en carros, tirados por burros.

En el camino, varias mujeres con la cara cubierta con un velo, llevaban enormes vasijas sobre los hombros.

Jack seguía buscando a Mamún, pero no podía encontrarlo. Entre la muchedumbre, a paso firme, Guapa y Bonita atravesaron un puente, por encima de un río marrón amarillento, por el que navegaban barcazas y botes a remo.

Al otro lado del río, una multitud de gente de muchos países recorría las tiendas de un mercado al aire libre, inundado por un fuerte olor a incienso. Algunos puestos estaban abarrotados de bolsas de arpillera, canastos y alfombras. Los zapateros, sentados con las piernas cruzadas, cosían zapatos. Los alfareros, inclinados sobre sus hornos, cocían vasijas de barro de distintos colores. Las tejedoras hilaban brocado de seda, sentadas junto a sus pequeños telares.

—¡Papel! ¡Perlas! —gritaba un comerciante.

—¡No, gracias! —contestó Annie.

—¡Palomas! ¡Loros! —gritó otro comerciante, junto a Jack.

—¡No, muchas gracias! —respondió él.

—Me encanta este lugar —comentó Annie—.

¿Qué es?

—Voy a buscarlo en el libro —contestó Jack, abriendo la bolsa.

**En el siglo IX, comerciantes de todo el mundo llevaban sus mercancías a Bagdad para venderlas. Los mercaderes de esa ciudad intercambiaban papel, telas y joyas por mercaderías de España, Grecia, China, África, India y de otros países. Todos estos productos se vendían en un enorme mercado al aire libre, llamado "bazar".**

—Ah, entonces un bazar es como un centro comercial —comentó Jack.

—¡Es mucho mejor que eso! —agregó Annie—. Vayamos a mirar.

—No hay tiempo para hacer compras. Tenemos que terminar nuestra misión —dijo Jack. Sacó la carta de Merlín y se puso a leer:

*Busquen al caballo de la cúpula,*
*el que todo lo ve,*

*en el corazón de la ciudad,*
*detrás de la tercera pared.*

—Tenemos que pasar tres paredes para encontrar un caballo —explicó Jack—. ¡Sigamos!

Guardó el libro y la carta. Sin prisa, Guapa y Bonita atravesaron el bullicioso bazar.

Más adelante, llegaron a una pared curva, de ladrillos, rodeada de un foso lleno de barro.

—Mira, ¡esa debe de ser la primera pared! —dijo Annie.

—Excelente —exclamó Jack.

Cruzaron el puente, por encima del foso. Luego, atravesaron un portón de hierro y, del otro lado, se encontraron con una avenida muy transitada, bordeada por edificios.

Mientras Guapa y Bonita zigzagueaban entre la gente, Jack sacó el libro de Bagdad. Entre balanceo y balanceo, empezó a leer:

**En su era dorada, Bagdad tuvo buenos hospitales. La ciudad también se destacaba por su excelente sistema de seguridad**

y escuelas públicas, además de bibliotecas
y un zoológico con un centenar de leones.

—Me gustaría ir a ver a los leones —dijo
Annie.

—No hay tiempo —agregó Jack.

Los camellos siguieron su camino por la concu-
rrida avenida, hasta que llegaron a un prado muy
verde.

—¡Mira, la segunda pared! —dijo Annie.

El prado estaba delimitado por otra pared,
también curva, mucho más alta que la primera,
que al menos parecía medir treinta metros. En la
entrada había guardias pero no se los veía revi-
sando a la gente que entraba por ahí.

—No los mires —sugirió Jack—. No llames su
atención.

Ambos entraron mezclados con la ola de gente.
Pasando la segunda puerta, había otra avenida,
ancha y adoquinada y, al final de esta, se veía otro
prado.

—¡Mira! ¡La tercera pared! —dijo Annie.

Esta era incluso más alta que la segunda. Y la gente también entraba libremente.

—¡Esta parte de la misión es fácil! —comentó Annie.

—Sí —dijo Jack—, pero falta encontrar al caballo de la cúpula y al califa, y lograr que él nos reciba.

A paso lento, Guapa y Bonita atravesaron la entrada de la tercera pared, llevando a Annie y a Jack al corazón de Bagdad. Allí, se alzaba un imponente palacio con techo verde brillante, en forma de cúpula y sobre esta, se veía la estatua de un caballo.

—¡Sí! ¡El caballo que todo lo ve! Seguro que el califa vive allí —dijo Annie—. Sigamos a la gente —sugirió, señalando un pasadizo abovedado, en el exterior del palacio.

Annie y Jack atravesaron el pasadizo hacia un bonito jardín, perfumado por una cálida brisa con olor a flores. Descendieron por un sendero bordeado por palmeras datileras y luego llegaron a un patio, donde unos niños jugaban a la pelota. Cerca del patio había un establo con camellos.

—Parece que tendremos que hacer el resto del camino a pie —dijo Jack—. Creo que Bonita y Guapa pueden quedarse ahí.

Avanzaron hacia el establo, chasquearon la lengua y los camellos se arrodillaron. Cuando Jack intentó agarrar su bolsa, una pelota entró en el establo. Annie la recogió y salió al patio. Jack salió detrás de ella.

—¡Aquí! —gritó un niño de pelo negro rizado con las manos extendidas. Annie le tiró la pelota y el pequeño la atrapó, sonriendo por el buen lanzamiento de Annie. —¿Quiénes son ustedes? ¿De dónde vienen? —preguntó.

Antes de que Jack contestara, Annie se acercó a los niños. Jack cruzó detrás de ella.

—Soy Annie y este es mi hermano, Jack. Vivimos en Frog Creek, Pensilvania.

—¿Qué hacen en Bagdad? —preguntó el niño.

—Tenemos que ver al califa —respondió Annie.

El pequeño y sus amigos empezaron a reírse.

—¿Dije algo gracioso? —preguntó Annie.

—Nuestro califa es el hombre más poderoso del mundo —explicó otro niño—. Él no tiene tiempo para recibir niños.

—Eso es lo que dicen todos —agregó Annie—. Pero nosotros vinimos en una misión importante. Estamos...

—Annie —interrumpió Jack—. Vamos, olvidé mi bolsa en la montura. —Y se despidió de los niños. —Nos vemos luego, niños. Ven, Annie.

Ella se acercó a Jack.

—Cuando vean que el califa no puede recibirlos, vengan a jugar con nosotros —dijo el niño de pelo rizado.

—No te preocupes —contestó Annie—, ¡Él va a recibirnos! ¡Somos especiales!

—¡Vamos, Annie! —insistió Jack.

—¿Y por qué *son* especiales? —gritó el niño.

—Porque salvamos un tesoro de los bandidos y de una tormenta de arena —explicó Annie—. Y además...

—¡Annie! —llamó Jack, enojado, agarrando a su hermana de un brazo—. ¡Ya vámonos!

Cuando entraron en el establo, Jack miró a Annie.

—No digas todo eso —dijo él.

—¿Por qué no? —insistió Annie.

—No debes alardear —contestó Jack—. Puedes hacer que los demás se sientan mal. Incluso si *eres* especial, no tienes que...

—¡Oh, no! —gimió Annie, tapándose la boca.

—¿Qué pasa? —preguntó Jack, siguiendo la mirada de su hermana.

La bolsa de Jack estaba tirada a los pies de Guapa. Al lado de esta había un pedazo de cuero de la tapa del libro de Aristóteles. Mientras Guapa masticaba feliz el valioso tesoro, de la boca le colgaban hojas húmedas, hechas trizas.

## CAPÍTULO OCHO

## Habitación del Árbol

—¡Noooo! —gritó Jack.

Corrió hacia Guapa y trató de sacarle los pedazos de papel de la boca. Annie se arrodilló y se puso a juntar los trozos que caían al suelo.

—¡El tesoro está arruinado! —gimió.

—¡¿Por qué dejé la bolsa aquí?! —agregó Jack, desesperado.

—Fue mi culpa. No debí ser presumida con esos niños —lloriqueó Annie.

—Tendría que haber sido más humilde, como dijo Merlín. —Annie estaba muy afligida.

—No te preocupes —dijo Jack, aunque sabía que estaban en problemas. El libro estaba destruido. La misión había fracasado.

—Ta-tal vez podamos arreglarlo —propuso Annie.

—Imposible. No tiene arreglo —agregó Jack, sacudiendo la cabeza.

—¿Q-Qué dijiste, Jack?

—Dije que no tiene arreglo —contestó Jack.

—¡Sí! ¡Podemos arreglarlo! —dijo Annie, sonriendo—. ¡Ayúdame a juntar los pedazos!

—¿Para qué? —preguntó Jack. ¿Annie se había vuelto loca?

—¡Vamos, rápido, Jack!

En segundos, ambos juntaron los pedazos de papel desparramados por todo el establo.

—Ahora, apilemos todo sobre la tapa de cuero y dame el libro —propuso Annie.

—¿Qué libro? —preguntó Jack.

—¡El libro de las rimas! —respondió Annie.

—¡Ah, sí! —dijo Jack. Rápidamente buscó en su bolso y agarró el libro de rimas mágicas, de Teddy y Kathleen.

Lo abrió y leyó la lista de rimas.

—Aquí está: *Arreglar lo que no tiene arreglo* —agregó.

—Esa es la rima —dijo Annie.

Jack siguió leyendo a toda velocidad hasta que encontró la rima. Alzó el libro para que los dos pudieran leer e, iluminando la página con un rayo de sol, leyó en voz alta y clara:

*¡Aunque sin remedio haya sido destrozado,*

Annie leyó la línea siguiente:

*en un santiamén ha de ser arreglado!*

Desde el suelo, los pedazos de papel empezaron a girar en remolino, elevándose por el aire, como si un tornado los aspirara, agitando los trozos rotos, bajo una luz cegadora.

Ante el ensordecedor *¡Brrrrr!*, Jack se cubrió los ojos y los oídos.

Cuando el tornado cesó, sobre el suelo apareció el libro antiguo.

Mudo por la sorpresa, Jack levantó el tesoro cuidadosamente y abrió la tapa de cuero.

—¡Oh, cielos! —exclamó. Las palabras sabias y valiosas de Aristóteles estaban intactas. En el libro no había señales de daño alguno.

—¡Gracias a Dios! —suspiró Annie.

—¡Sí! —exclamó Jack.

—¿Qué tenemos que hacer ahora? —preguntó Annie.

—No lo sé. Veamos qué más quiere Merlín —dijo Jack, agarrando la carta del mago:

*En la Habitación del Árbol,*
*debajo de los pájaros cantores,*
*reciban a un viejo amigo*
*y a uno nuevo, entre los mejores.*

—No entiendo —dijo Jack.

De pronto, oyó a alguien detrás de él. En la puerta del establo, había una niña, vestida con una larga túnica blanca, con la cara y el pelo cubiertos por un velo.

—Hola —dijo Annie—. ¿Quién eres tú?

—Soy una sirvienta del palacio, vengan conmigo —susurró la niña.

—Vamos, Jack.

—¿Adónde nos lleva? ¿Por qué habla bajo? —preguntó Jack.

—No lo sé, pero siento que debemos seguirla —respondió Annie.

—Está bien —contestó Jack, y guardó el libro de Aristóteles y el de las rimas mágicas en su bolsa, se la colgó del hombro y salió del establo detrás de la niña y de su hermana.

Los tres atravesaron el patio y entraron en el palacio, a un amplio recibidor, iluminado con velas y decorado con una gruesa alfombra tejida.

Al final del recibidor, junto a una alta puerta tallada, había un niño sirviente. Llevaba puesto un pantalón holgado y una camisa larga, con una tela que le cubría la cara casi por completo. No les habló ni los miró.

La niña se paró junto a Annie y a Jack. Con su voz extraña y susurrante les dijo:

—Cuando estén frente a la silla, hagan una reverencia. No levanten la vista ni hablen hasta que se lo pidan.

—Pero, ¿qué...? —empezó a decir Jack.

—Vayan, rápido —dijo la niña, en voz muy baja.

El pequeño sirviente abrió la pesada puerta y la niña hizo entrar a Annie y a Jack.

—Espera —dijo Jack.

Pero el niño cerró la puerta. Annie y Jack se quedaron solos.

—¡Jack, mira! ¡La Habitación del Árbol! —dijo Annie.

Jack se dio la vuelta. Un árbol gigante con hojas de plata, que temblaban como por efecto del viento, llenaba el centro de la habitación.

Sobre las ramas de plata, cantaban pájaros mecánicos, dorados; *"¡twit-twit!"*.

Debajo del extraño árbol, un sillón negro de madera lustrosa resplandecía con sus piedras preciosas incrustadas.

—Estamos en el lugar correcto —dijo Annie, recordando las palabras de Merlín:

*En la Habitación del Árbol,*
*debajo de los pájaros cantores,*
*reciban a un viejo amigo*
*y a uno nuevo, entre los mejores.*

—Otro misterio resuelto —comentó Annie.

—Todavía no —agregó Jack—. ¿Dónde están los dos amigos?

—No lo sé, pero tenemos que hacer una reverencia como dijo la niña —sugirió Annie.

Ambos se arrodillaron y bajaron la cabeza. Jack apretó su bolsa con el valioso tesoro.

—También dijo... —le recordó Annie a su hermano—. No hablen y no levanten la vista hasta que se les diga.

—Acá no hay nadie —agregó Jack. Se sentía muy tonto, arrodillado frente a un sillón vacío, oyendo el canto de pájaros mecánicos. *"¿Por qué estamos haciendo esto?"*, pensó.

De pronto, la puerta se abrió con un chirrido.

Jack apretó los ojos al oír pasos cerca de él.

—¿Cómo entraron en el salón del trono? —preguntó una voz grave y ronca.

—Nos trajo un sirviente —respondió Annie.

—¿Y para qué han venido? —volvió a preguntar la voz.

—Tenemos un valioso tesoro para el califa de Bagdad —explicó Jack, sin levantar la cabeza—. Es un libro de sabiduría.

Jack abrió su bolsa y sacó el libro. Sin abrir los ojos, alzó el texto hacia la voz.

Al instante, se hizo un largo silencio.

—Esperamos que con él, el califa pueda brindar sabiduría al mundo —dijo Annie.

—¿Cómo llegó este libro a sus manos? —preguntó el hombre.

—Ayudábamos a un amigo —dijo Annie—. Pero lo perdimos en una tormenta de arena.

—Ah, seguro lo trajeron para obtener una

recompensa —comentó el hombre.

—¡No! ¡No es por eso! —agregó Jack—. Nuestra misión era entregárselo al califa.

—Y supongo que, a cambio de este tesoro, esperan recibir algún pago —dijo el hombre—. ¿No les gustaría recibir perfumes de las flores más dulces del mundo?

—No, gracias —contestó Annie.

—Tenemos rubíes, grandes como huevos de gallinas —comentó el hombre.

—No, gracias —respondió Jack.

—¿Aceptarían el peso del libro en oro? —preguntó el hombre.

—En realidad, no necesitamos recompensa —agregó Jack.

—Ya que al califa le gustan tanto los libros, por qué no le dice que venda su oro y rubíes para comprar más libros —dijo Annie.

Otra vez, se hizo un largo silencio. Luego, el hombre se aclaró la garganta. Cuando habló, su voz se oyó suave y familiar.

—Annie, Jack, mírenme —dijo el hombre.

Jack abrió los ojos. Lentamente, levantó la cabeza. Primero, vio un par de zapatillas doradas; luego una larga túnica blanca, con un ribete de oro… Por último, vio una cara familiar.

Jack se quedó sin habla. No podía creer lo que veía. El hombre no era una persona terrible. ¡Era Mamún!

# CAPÍTULO NUEVE

## Casa de la Sabiduría

—¿Mamún? —preguntó Annie.

—Sí —respondió él—. Me alegra verlos a salvo en Bagdad.

—¡También nos alegra verte a salvo a ti! —dijo Annie—. Estábamos muy preocupados.

—Después de la tormenta, los busqué por todos lados —agregó Mamún—. Hasta que, finalmente, volví a Bagdad, muy entristecido. ¿Encontraron a su familia?

—Eh, sí, los encontramos —respondió Annie.

—Y también hallamos tu libro —dijo Jack—.

Como no pudimos encontrarte, decidimos entregárselo al califa.

—Aún no comprenden, ¿verdad? —preguntó Mamún.

—¿Comprender qué? —preguntó Annie.

—Yo soy el califa Abdullah al-Mamún.

—¿*Tú eres* el califa*?* —preguntó Annie.

—Pero... ¿cómo...? —agregó Jack, confundido.

—Deseaba tanto tener un libro de Aristóteles —dijo Mamún—. Cuando supe que habían hallado uno en la ciudad de Damasco, acordé ir a buscarlo para mi biblioteca. Lo más importante era que llegara intacto. Además, anhelaba recorrer el desierto, como lo hacía cuando era niño, así que me disfracé de mercader para hacer el viaje. Mis compañeros jamás se dieron cuenta de mi verdadera identidad.

—Uau —susurró Jack.

—Ustedes demostraron tener un gran respeto por los libros y el conocimiento —comentó el califa al-Mamún—. Y también han dado prueba de tener un corazón humilde. Antes de que se vayan con su familia, quiero mostrarles un sitio muy especial. Lo llamo "La Casa de la Sabiduría".

—¿*La Casa de la Sabiduría?* —preguntó Jack, emocionado—. Eso parece fantástico.

—Mi deseo es que el mundo entero la encuentre "fantástica" —agregó el califa—. Vengan. —Y se acercó a la puerta. Annie y Jack se pusieron de pie y siguieron a su amigo.

Con el antiguo libro de Aristóteles, el califa salió de la Habitación del Árbol. Su túnica ribeteada en oro, se hinchaba a su alrededor mientras caminaba por el corredor. Cada persona que pasaba cerca de al-Mamún, hacía una respetuosa reverencia.

—¡Otro misterio resuelto! —le dijo Annie a Jack, citando las palabras de Merlín:

*reciban a un viejo amigo*

*y a uno nuevo, entre los mejores.*

—¡Los dos amigos son la misma persona! —agregó Annie—. Mamún, el del desierto, y el califa Abdullah al-Mamún.

—Correcto —exclamó Jack, sonriente.

El califa condujo a Annie y a Jack a las puertas del palacio. En el patio, esperaban dos camellos, con dos palos amarrados a las monturas, que soportaban un carruaje, con forma de casa, decorado con borlas de oro y campanillas de metal.

Los sirvientes ayudaron a Annie, a Jack y al califa Abdullah al-Mamún a subir al extraño y pequeño coche. Cuando los camellos iniciaron su marcha por el patio, empezaron a sonar las campanillas.

El califa abrió las pequeñas persianas para que entrara aire y sol. Jack miró hacia afuera; todo el

mundo saludaba al coche real haciendo reveren-
cias, los niños jugando a la pelota, los jardineros
trabajando y las mujeres llevando vasijas sobre
los hombros.

Jack tenía muchas preguntas acerca de la
Casa de la Sabiduría. Pero, ahora que sabía que
su amigo Mamún era el poderoso califa, se sentía
intimidado. Incluso Annie estaba callada mientras
pasaban por los jardines del palacio.

—Es aquí —dijo el califa, cuando los camellos
se detuvieron. Ayudó a Annie y a Jack a bajar del
coche y los condujo a la escalera de un edificio de
ladrillos.

—Bienvenidos a la Casa de la Sabiduría
—agregó el califa—, un centro de estudios para
todo el mundo.

—¿Qué hacen aquí? —preguntó Jack.

—Síganme, se lo mostraré. —El califa se acercó a la puerta, que conducía a un amplio vestíbulo—.
Tenemos un laboratorio de investigación para
medicina y un observatorio para mirar las estrellas y los planetas. Pero mi habitación favorita

es *esta* —dijo, parándose junto a una entrada abovedada.

El califa abrió la puerta e hizo pasar a Annie y a Jack al inmenso y silencioso lugar.

—Esta es la biblioteca —comentó en voz baja—. Incluso yo debo hacer silencio aquí.

Los últimos rayos de sol entraban por unos ventanales altos, iluminando estantes llenos de libros y alfombras de colores. En varias mesas muy grandes había hombres leyendo que se levantaron de inmediato al ver al califa.

—Por favor, continúen con su trabajo —dijo él en tono suave.

Los hombres se sentaron y siguieron leyendo y escribiendo.

El califa señaló a un hombre de barba que, encorvado sobre una pila de papeles, escribía frenéticamente junto a una ventana.

—Ese es al-Khwarizmi —susurró el Califa—. Es un gran matemático que ha perfeccionado el sistema numérico de la India.

El califa señaló los números que aparecían en una pizarra, colgada de la pared.

—Son los números arábigos: *1, 2, 3, 4, 5, 6, 7, 8, 9, 10* —explicó.

—¿Números arábigos? —preguntó Jack.

—Sí —respondió el califa.

—Nosotros también usamos este sistema —le susurró Jack a Annie—. Debe de haberlo inventado este señor.

—Ese es al-Kindi —dijo el califa, señalando a otro hombre que leía muy concentrado junto a la ventana—. Es uno de los científicos y pensadores más brillantes del mundo. Es muy humilde. Opina que el conocimiento no pertenece a una sola persona o país, sino a todos. El mundo se vuelve más sabio cuando la sabiduría se comparte. Yo estoy de acuerdo, por eso construí esta casa.

—Yo también pienso lo mismo —dijo Annie.

—Estoy de acuerdo —agregó Jack.

—Los científicos y estudiantes de muchos países vienen aquí para leer, estudiar y compartir su

conocimiento —susurró el califa—. Tenemos miles
de libros. Todos han sido copiados a mano.

—¿A *mano?* —preguntó Annie—. ¡Habrán
escrito *un montón!*

—¿Qué tipo de libros? —preguntó Jack.

—Libros de historia, matemática, geografía y medicina —explicó el califa—. Pero también tenemos un libro lleno de fantasías y maravillas.

De un estante sacó un libro grande y gordo, lo puso sobre una mesa y lo abrió, para mostrárselo a Annie y a Jack. El texto estaba escrito con letra sofisticada y tenía ilustraciones bellísimas, con imágenes de Aladino y Alí Babá, lámparas mágicas y alfombras voladoras.

—¡Oh, *Las mil y una noches!* —exclamó Annie—. Conozco este libro.

—¿Sí? ¡Es maravilloso! —agregó el califa, sonriente—. Parece que alguien de nuestra tierra llevó estos cuentos al país de ustedes. Tal vez, muy pronto, alguien de allí traiga cuentos para acá. Qué gran poder tienen los libros, ¿verdad?

—Sí —respondió Annie.

—Espero que en su tierra, algún día, conozcan este libro —agregó el califa, alzando el texto de Aristóteles—. Después de leerlo, haré que lo copien para brindar su sabiduría al mundo. Gracias por ayudarme.

—Por supuesto —dijo Jack, con modestia—. Es nuestra misión.

—Me temo que ya tengo que regresar a mis obligaciones —comentó el califa—. Pero, por favor, quédense en la biblioteca. Lean hasta que tengan que encontrarse con su familia. Y regresen algún día a visitarme.

—Trataremos de hacerlo —contestó Jack.

—Adiós, Annie. Adiós, Jack.

—Adiós, Mamún —dijo Annie.

El gran califa se despidió con una cálida sonrisa y una gran reverencia. Luego, dejó a sus amigos en su maravillosa biblioteca.

## CAPÍTULO DIEZ

# Antes de que salga la luna

Jack y Annie recorrieron la habitación. Los sabios y científicos seguían concentrados en sus lecturas.

—No puedo creer que Mamún sea el califa —susurró Jack.

*"Recuerden que la vida está llena de sorpresas".* —Annie citó la carta de Merlín.

*"Regresen a la casa del árbol antes de que la luna aparezca"* —concluyó Jack.

—Casi había olvidado esa parte —dijo Annie.

—Yo también —agregó Jack.

—¡Shhh! —exclamó uno de los sabios y científicos.

—Perdón —dijo Annie.

Ella y Jack miraron la ventana. El cielo estaba rosado. Faltaba poco para que oscureciera.

—Hay que volver a la casa del árbol, antes de que salga la luna —susurró Annie.

—Ya lo sé —dijo Jack—, pero, ¿cómo? —Por un momento, sintió pánico. *"La casa del árbol está muy lejos"*, pensó. *"Si viajamos sobre Bonita y Guapa, nos llevará un día y una noche para llegar. ¿Y las tormentas de arena? ¿Y los bandidos?"*. Jack miró a Annie.

—Magia —dijo ella sonriendo.

Jack asintió. Ambos observaron a su alrededor para ver si algún sabio o científico estaba mirando. Todos estaban concentrados en lo suyo.

Muy despacio, Jack sacó el libro de Teddy y Kathleen de la bolsa. Él y Annie se voltearon y abrieron el libro por el índice.

Annie señaló la frase: *"Convertirse en patos"*.

Jack la miró.

Annie señaló otra frase: *"Volar por el aire"*.

—¡Sí! —dijo Jack.

—¡Shh! —exclamó un sabio.

Jack buscó la página indicada y alzó el libro para que él y su hermana pudieran leer:

Él leyó la primera línea de la rima: *¡Objeto inanimado, levántate del suelo,*

Annie leyó la segunda: *dirígete a lo alto, surcando el azul cielo!*

—Si no hacen silencio, tendrán que irse —dijo uno de los científicos, malhumorado.

—No se preocupe, ya nos vamos —contestó Annie.

De golpe, desde la ventana entró un viento que agitó las páginas del libro *Las mil y una noches*. Los sabios y los científicos agarraron sus papeles para que no se les volaran.

Una punta de la alfombra sobre la que estaban Annie y Jack empezó a sacudirse. Luego, la alfombra entera comenzó a ondularse. Annie y Jack se cayeron hacia adelante. Cuando trataron de ponerse de pie, la alfombra se elevó del piso.

—¡Oh! —exclamaron todos los sabios y científicos.

Luego, la alfombra empezó a flotar por encima de las mesas y de los estantes de libros. Todos saltaron de sus sillas y se apartaron gritando:

—¡Socorro!

—¡Cuidado!

—¡Imposible!

—¿Qué sucede?

—¡Adiós! —dijo Annie, en voz alta.

La alfombra voló hasta la ventana y salió de la Casa de la Sabiduría.

El aire frío golpeó la cara de Annie y Jack. Las telas que les cubrían la cabeza se agitaban, mientras navegaban por el cielo, agarrados de las puntas de la alfombra.

—¡Esto es maravilloso! —gritó Jack.

—Maravilloso, de *verdad* —gritó Annie.

La alfombra planeó por encima de la Casa de la Sabiduría, del coche del califa que regresaba al palacio y del establo de los camellos.

Luego, pasó volando sobre la cúpula verde, con el caballo en lo alto, sobre el patio donde jugaban

los niños, sobre la tercera pared, el prado verde y la gran avenida.

La alfombra sobrevoló la segunda pared, las casas, los hospitales, y los cien leones del zoológico; la primera pared, el puente abovedado y el foso.

Velozmente, dejó atrás el bazar, con su enjambre de tiendas y puestos, los zapateros, los alfareros y las tejedoras. El vuelo de la alfombra ganó más altura por encima del camino hacia Bagdad. Abajo, Annie y Jack veían hombres montados en sus burros, niños con rebaños de ovejas y mujeres llevando vasijas.

La alfombra voló más y más rápido...
por encima del río, los campos de pastoreo,
y las dunas de arenas silbadoras,
por encima del desierto resplandeciente,
hacia la puesta de sol
y el pequeño oasis,
en el medio de la nada.
Suavemente, la alfombra mágica aterrizó sobre las escasas hierbas; cerca del pequeño manantial

y los arbustos espinosos, la palmera datilera y la escalera colgante.

A la luz rojiza y dorada del sol, el desierto parecía en llamas. Jack se sintió mareado.

—¡Qué-qué-velocidad! —dijo—. No puedo creer que ya estemos acá.

—Increíble, gracias a la magia no nos caímos —agregó Annie.

Trataron de pararse pero, por el mareo, terminaron tumbados sobre la alfombra.

—No te apures, Jack. ¿Estás bien? —preguntó Annie, riendo.

—Perfecto —respondió él. Se colgó la bolsa del hombro y bajó tambaleándose. Luego, ambos caminaron hacia la palmera más alta. Jack bajó la escalera del tronco, y subieron.

En la casa del árbol, agarró la carta de Merlín y miró por la ventana por última vez.

El sol se había ocultado. La alfombra, bajo las sombras de la palmera, se veía común y pequeña. El desierto, inmenso, silencioso y solitario. En el cielo comenzaba a asomar la luna, delgada y creciente.

—"Regresen a la casa del árbol, antes de que la luna aparezca" —dijo Jack.

—Esa era la última instrucción de Merlín —agregó Annie—. Hemos terminado.

Jack miró la carta de Merlín y señaló las palabras, *Annie y Jack, de Frog Creek.*

—¡Queremos volver a casa! —dijo, en tono firme.

El viento comenzó a soplar.

La casa del árbol empezó a girar.

Más y más rápido cada vez.

Después, todo quedó en silencio.

Un silencio absoluto.

En el bosque de Frog Creek, el aire de la tarde estaba frío. Annie y Jack llevaban puestos sus pantalones de lona y sus chaquetas. Sobre la espalda, Jack tenía la mochila.

—Fue un buen viaje —dijo.

—Realmente, genial —agregó Annie.

—Creo que es hora de ir a casa, tengo que terminar un montón de tarea —comentó Jack.

—Deja el libro de Bagdad, pero trae el de las rimas, debemos cuidarlo —sugirió Annie.

Jack se quitó la mochila, sacó el libro de la era dorada de Bagdad y lo dejó en la casa del árbol. Luego, bajó por la escalera colgante. Annie bajó detrás de él y, juntos, atravesaron el bosque, en la primavera naciente.

—Ya pasamos la segunda prueba de Merlín —comentó Annie—. Ayudamos a brindar sabiduría al mundo. Eso es algo muy importante.

—Debes ser humilde —le recordó Jack a su hermana.

—Bueno, creo que el libro de Teddy y Kathleen hizo mucho por nosotros —agregó, humildemente.

—Los extraño —comentó Jack.

—Yo también —dijo Annie—. Pero creo que estuvieron con nosotros, en Bagdad.

—¿Qué quieres decir? —preguntó Jack.

—¿Recuerdas a los niños que nos llevaron a ver al califa? —agregó Annie—. Aparecieron como de la nada. Y jamás vimos sus caras, ¿no?

—No… —exclamó Jack—. ¿Tú piensas que…?

—Tal vez… —Annie se encogió de hombros.

—Quizá —agregó Jack, en tono suave.

—Quedan dos misiones y cinco rimas —dijo Annie—. Ojalá que Merlín nos necesite pronto.

—Pero no *demasiado* pronto. Primero, tengo que hacer mi tarea —añadió Jack.

—Matemática, con números arábigos —agregó Annie, sonriendo.

—Correcto —afirmó Jack—. Y mañana podemos ir a la biblioteca a buscar libros de Aristóteles.

—Buena idea —dijo Annie.

La brisa fresca de primavera sacudió las ramas de los árboles. Annie y Jack se dieron prisa para llegar al hogar.

# Más información acerca de Bagdad

Esta antigua ciudad se encuentra ubicada entre los ríos Tigris y Éufrates, zona que hace muchos años se llamaba Mesopotamia, que significa "entre ríos". Hoy, ese territorio lleva el nombre de Iraq y su capital es Bagdad.

Para el personaje de Mamún de este libro, me inspiré en dos califas de Bagdad: del siglo IX Harun al-Rashid y su hijo Abdullah al-Mamún (a veces deletreado al-Mamoun).

Se dice que Harun al-Rashid a veces se disfrazaba para ir a los bazares con el fin de escuchar a su pueblo. El mundo de al-Rashid sirvió de inspiración para los cuentos de *Las mil y una noches*.

Abdullah al-Mamún, el hijo menor de Harun al-Rashid, continuó el trabajo de su padre honrando el arte y la ciencia. Además, fundó la Casa de la Sabiduría de Bagdad, un hogar para los estudiosos del mundo oriental. Dos pensadores importantes que estudiaron allí fueron al-Kindi, conocido como "el filósofo de los árabes" y el matemático al-Khwarizmi, quien introdujo el álgebra en el mundo, un tipo de cálculo matemático.

Muchos escritos antiguos fueron guardados y traducidos en la Casa de la Sabiduría. Algunos de ellos, los más importantes, incluían el trabajo del gran filósofo griego, Aristóteles, cuyas enseñanzas ayudaron a establecer las bases de la ciencia moderna.

Harun al-Rashid contribuyó a iniciar una era dorada, en la que Bagdad sería un importante centro de cultura y educación durante cuatrocientos años. En el año 1258, la ciudad fue invadida y destruida por los mongoles.

# Actividades divertidas para Annie, para Jack y para ti

## *Postre del desierto*

Annie y Jack descubrieron que los dátiles eran un alimento muy importante en el Medio Oriente, durante la era dorada de Bagdad.

Hoy, este fruto se cultiva en muchos lugares. La mayoría de los dátiles de Estados Unidos provienen de California; no hay que viajar tan lejos y sacudir una palmera para tener al alcance la "fruta del desierto". ¡Puede encontrarse en la mayoría de los supermercados!

Los dátiles son buenos para la salud y pueden consumirse solos o como parte de una receta. Pídele a un adulto que te ayude a preparar el siguiente postre.

# Dátiles & galletas con chips de chocolate

- 2¼ tazas de harina
- 1 cucharadita de bicarbonato
- 1 cucharadita de sal
- 1 taza de mantequilla
- ¾ de taza de azúcar blanca
- ¾ de taza de azúcar moreno
- 2 huevos grandes, batidos
- 1 cucharadita de vainilla
- 2 tazas de chips de chocolate semidulces
- 1 taza de dátiles secos, picados

1. Precalentar el horno a 375º F.
2. Mezclar la harina, el bicarbonato y la sal. Dejar aparte hasta el paso 5.
3. En un recipiente más grande, mezclar la mantequilla junto con el azúcar blanca y el azúcar moreno, hasta lograr una mezcla suave.
4. Agregar y mezclar los huevos y la vainilla a esta mezcla.

5. Poco a poco, ir agregando la harina y mezclar hasta que todo quede unido en una masa pegajosa.
6. Agregar los chips y los dátiles, y mezclar.
7. Hacer bolitas con la masa y colocarlos sobre láminas o moldes para galletas, sin engrasar. (Al hornearse, las galletas se achatarán y estirarán). La masa debería ser suficiente para ochenta galletas.
8. Hornear entre 8 y 10 minutos, o hasta que las galletas tomen un tono marrón dorado. Dejarlas enfriar, ¡para luego saborearlas!

# Arena y ciencia

Este es un experimento sencillo para hacer con arena de la playa o de una ferretería.

1. Llenar un vaso con arena.
   ¿Crees que en el vaso hay algo más que arena? ¿Por qué?
2. Lentamente, agregar un poco de agua sobre la arena.
   ¿Qué sucede?

En el vaso hay lugar para el agua porque cuando llenas un recipiente con arena, aún hay *aire* entre los granos de arena.

El agua toma el lugar del aire. ¿Viste las burbujas? Si las viste, fue el aire que salió, cuando entró el agua.

Entonces, aunque el vaso esté "lleno" de arena, aún hay lugar para aire… ¡o agua!

# El antiguo arte de hacer papel

El papel fue inventado en China hace más de dos mil años, pero tardó mucho tiempo en hacerse conocido en el resto del mundo. En el siglo VIII, los secretos de la técnica de su fabricación llegaron al mundo árabe.

Antes del papel, la gente escribía sobre papiros, hechos con plantas entretejidas o sobre pergaminos, fabricados con piel de animal. Ambos eran muy exóticos y costosos.

Pero el papel podía hacerse con trapos o árboles, de manera sencilla y poco costosa. De esta forma, se podían fabricar más libros y más gente podía escribir información. El papel hizo que la lectura y la escritura se volvieran importantes para todos, no solo para la gente rica.

Aquí tienes una receta para hacer tu propio papel. Si bien hoy se hace en fábricas, llamadas fábricas de celulosa o papeleras, tú podrás hacerlo con tus manos, tal como lo hacía la gente de Mamún, hace muchos años.

Materiales:
- malla metálica
- cartulina o papel para manualidades
- licuadora (o batidora)
- almidón
- recipiente poco profundo
- periódicos
- rodillo para amasar
- ayuda de un adulto

1. Para comenzar, tomar la malla metálica, que puede comprarse en ferreterías o tiendas de manualidades. Cortarla a la medida deseada del tamaño del papel, doblar los bordes por encima, formando un "marco" (se puede utilizar cinta de embalar para cubrir los bordes afilados).
2. Cortar la cartulina o papel para manualidades en pedazos, hasta llenar $\frac{1}{3}$ de taza de pedacitos bien comprimidos.
3. Poner el papel en la licuadora y llenarla con agua caliente hasta $\frac{2}{3}$ partes.

4. Mezclar durante 45 segundos o hasta que la pulpa quede "barrosa". Agregar una cucharada de almidón.

5. Colocar la mezcla o pulpa en un recipiente poco profundo.

6. Poner la malla metálica sobre la pulpa empujándola hacia el fondo del recipiente y moverla suavemente, de forma tal que la pulpa se extienda sobre la tela.

7. Al retirar la malla metálica del recipiente, esta deberá estar cubierta con una capa de pulpa. Sostener la malla levantada un minuto, para que el agua escurra.

8. Colocar la malla (con la pulpa adherida) sobre una pila de periódicos.

9. Agregar más periódicos encima de la malla. Pasar el rodillo de amasar por la pila de periódicos, para que absorba restos de agua.

10. Quitar los periódicos de arriba para descubrir la tela. Suavemente, separar el papel artesanal de la malla. Dejar secar completamente (puede llegar a tardar varios días).

# A continuación un avance de

# LA CASA DEL ÁRBOL® #35
## MISIÓN MERLÍN

## La noche de los nuevos magos

Annie y Jack inician una nueva
aventura, llena de historia, magia e…
¡invenciones sorprendentes!

# CAPÍTULO UNO

## Cuatro nuevos magos

Jack estaba leyendo en el porche a la luz del atardecer. Los grillos cantaban en el bosque de Frog Creek. En la calle, sonaba la música de un camión que vendía helados.

Annie salió de la casa.

—Tenemos que irnos —dijo.

—¿Adónde? —preguntó.

—Mamá nos dio dinero para comprar helado.

—Genial —exclamó Jack. Agarró la mochila y siguió a su hermana por la escalera del porche.

Mientras caminaban hacia la acera, se sentía el olor a musgo y hojas húmedas del bosque.

—¿Escuchas algo, Jack? —Annie se detuvo de golpe.

—¿Qué? No oigo nada —contestó él.

—*Eso* —exclamó Annie—. Hace un minuto, el canto de los grillos era insoportable. Ahora no se oye nada.

Jack trató de escuchar otra vez. Annie tenía razón. El bosque de Frog Creek había enmudecido.

—¿Tú crees que...? —preguntó Jack.

—Tal vez —contestó Annie, sonriendo—. ¡Vayamos a ver!

Los dos corrieron por la calle hasta el bosque iluminado por una luz suave. Rápidamente, avanzaron por entre los árboles cubiertos de hojas, hasta que se toparon con el roble más alto. Desde la copa, colgaba una escalera hecha con soga. En medio de las ramas más altas, estaba la casa del árbol, iluminada por la última luz del día.

—Creo que el helado puede esperar —dijo Jack, sonriente.

—Sí —contestó Annie. Se agarró de la escalera y empezó a subir. Su hermano subió detrás de ella.

Dentro de la casa, la luz del atardecer entraba por la ventana. En el piso, había un papel doblado y un libro pequeño, con tapa roja.

Annie levantó el papel doblado. Jack agarró el libro.

—Seguro lo dejó Morgana para que investiguemos —dijo él.

El título del libro estaba escrito con letras doradas.

Guía:
Feria Mundial
de París
~1889~

—Feria Mundial de París —leyó.

—¡Qué divertido! —añadió Annie.

—Sí, pero me pregunto por qué vamos a ir ahí —comentó Jack.

—Aquí debe de estar la respuesta —agregó Annie, desdoblando el papel—. Es la letra de Merlín. —Y comenzó a leer en voz alta:

*Para Jack y Annie, de Frog Creek:*

*He descubierto que un hechicero malvado está planeando robar los secretos de cuatro nuevos magos en la Feria Mundial de París.*

*Ustedes tendrán la misión de hallar a los magos, prevenirlos y averiguar sus secretos.*

*Los cuatro nuevos magos son:*

*El Mago del Sonido: su voz puede oírse a miles de millas.*

*El Mago de la Luz: su fuego resplandece, pero no quema.*

*El Mago de lo Invisible:*
*lucha contra enemigos mortales,*
*que nadie puede ver.*

*El Mago del Hierro:*
*puede doblar los metales*
*y vencer la fuerza del viento.*
*Buena suerte,*
*M.*

—Nuestra misión se parece más a un cuento de hadas que a la vida real —comentó Jack—. Un hechicero malvado, los Magos de lo Invisible, la Luz, el Sonido y el Hierro. Parece que fueran de un lugar imaginario, como Camelot, y no de un lugar real, como París, Francia.

—Vamos a ir a una Feria Mundial —dijo Annie—. ¿No te parece mágico?

—Tal vez —contestó Jack—. Pero, ¿por qué estos magos tan poderosos necesitan nuestra ayuda? ¿Por qué no pueden derrotar al hechicero malvado con sus propios poderes?

—Quizá el poder del hechicero es mayor que el de los magos —añadió Annie.

—Tal vez podamos ayudarlos con las rimas de Teddy y Kathleen —propuso Jack.

—¡Oh, no! —exclamó Annie—. ¡No trajimos el libro! ¡Tenemos que ir a casa!

—Despreocúpate, lo tengo acá —dijo Jack—. Desde que llegamos de Bagdad, lo he llevado a todos lados, en caso de que Merlín nos necesitara.

—¡Qué alivio! —exclamó Annie—. Echemos un vistazo.

Jack abrió la mochila y sacó el librito, escrito por sus dos amigos hechiceros de Camelot:

**10 RIMAS MÁGICAS PARA ANNIE Y JACK**

**DE TEDDY Y KATHLEEN**

—Bueno, ya usamos cinco rimas en las dos últimas misiones —dijo Jack—. Nos quedan cinco más para las dos siguientes. Nos falta utilizar: *Pedalear por el aire, Hacer que algo desaparezca, Bajar una nube del cielo, Encontrar un tesoro que nunca se puede perder* y *Convertirse en patos.*

—¡Cuac! ¡Cuac!

Jack miró a su hermana.

—Solo bromeaba —dijo ella.

—Es mejor que no hagas bromas con estas rimas —sugirió Jack—. Podrías terminar usando la incorrecta, en el lugar incorrecto y eso nos traería serios problemas. —Él cerró el libro de las rimas. —¿Estás lista?

—Lista —respondió Annie.

Jack respiró hondo y agarró la guía de la Feria Mundial de París del año 1889. Señaló el título y dijo: "Deseamos ir a este lugar".

El viento comenzó a soplar.

La casa del árbol empezó a girar.

Más y más rápido cada vez.

Después, todo quedó en silencio.

Un silencio absoluto.

# Mary Pope Osborne

Es autora de novelas, libros ilustrados, colecciones de cuentos y libros de no ficción. Su colección La casa del árbol, número uno en ventas según el *New York Times*, ha sido traducida a muchos idiomas y es ampliamente recomendada por padres, educadores y niños. Estos relatos acercan a los lectores a diferentes culturas y períodos de la historia, y también, al legado mundial de cuentos y leyendas. La autora y su esposo, el escritor Will Osborne (autor de *Magic Tree House: The musical*), viven en el noroeste de Connecticut, con sus dos Norfolk terriers, Joey y Mr. Bezo.

**Sal Murdocca** es reconocido por su sorprendente trabajo en la colección La casa del árbol. Ha escrito e ilustrado más de doscientos libros para niños, entre ellos, *Dancing Granny*, de Elizabeth Winthrop, *Double Trouble in Walla Walla*, de Andrew Clements y *Big Numbers*, de Edward Packard. El señor Murdocca enseñó narrativa e ilustración en el Parsons School of Design, en Nueva York. Es el libretista de una ópera para niños y, recientemente, terminó su segundo cortometraje. Sal Murdocca es un ávido corredor, excursionista y ciclista. Ha recorrido Europa en bicicleta y ha expuesto pinturas de estos viajes en numerosas muestras unipersonales. Vive y trabaja con su esposa Nancy en New City, en Nueva York.

Jack y Annie deben ir a Venecia, Italia, para
salvar a la Gran Dama de la Laguna de un
terrible desastre.

# LA CASA DEL ÁRBOL #33
## MISIÓN MERLÍN

### Carnaval a media luz

El mago Merlín les pide a Annie y a Jack viajar
a París, Francia, donde deben encontrar a
cuatro misteriosos y brillantes magos.

# LA CASA DEL ÁRBOL #35

## MISIÓN MERLÍN

## La noche de los nuevos magos

Annie y Jack emprenden una increíble aventura
en Nueva York en medio de una fuerte tormenta
de nieve.

# LA CASA DEL ÁRBOL #36
## MISIÓN MERLÍN

## Tormenta de nieve en luna azul